20545

BLUETS

DU JURA,

Par Auguste Droz

DE RENAN.

Paris

ET EN SUISSE.

1831.

Paris. — Imprimerie de P. Dupont et G. Laguionie,
Hôtel-des-Fermes.

Bluets du Jura.

VERS

ADRESSÉS A M. LÉOPOLD ROBERT,

SUR UN DE SES TABLEAUX EXPOSÉ AU LOUVRE EN 1831.

Le Vésuve en travail a cessé de répandre
Ses flots brûlans ;
Les airs sont parsemés d'une légère cendre
Livrée aux vents.
Naples, rentrant dans l'allégresse,
N'entend plus le cri de détresse
De ses enfans.

Suivant seul et rêveur le chemin de la plaine ,
Montrant son deuil ,
Dans les champs dévastés quelle lugubre scène
S'offre à mon œil !

De ces demeures dispersées,
En quelques instans renversées,
Où fut le seuil?

Montrez-moi la fenêtre où la vierge pensive
Venait le soir,
Où sur son front empreint d'une grace naïve
Brillait l'espoir.
Où fut sa couche monotone,
Et l'image de sa patronne,
Et son miroir?

Montrez-moi le vieux banc où s'asseyait sa mère
Filant son lin,
La crèche du troupeau, la voûte qui sous terre
Gardait le vin,
Le foyer, les vases d'argile,
Et le coin qui servait d'asile
Au pélerin...

Un long gémissement a frappé mon oreille.
D'où part ce cri?
Femme! déplores-tu les malheurs de la veille,
Manquant d'abri?
Aux dangers qu'enfantait la terre

Ton époux lent à se soustraire
A-t-il péri?

Dans son lit assoupie as-tu laissé ta mère
En cheveux blancs?
N'as-tu pu sur le seuil guider de ton vieux père
Les pas tremblans?
De la nuit voyant fuir les ombres,
As-tu cherché sous ces décombres
Leurs corps sanglans?...

Femme! as-tu tout perdu!... Vois cet enfant qui joue,
Tranquille, hélas!
Vois le noir de ses yeux, le rose de sa joue,
Prends-le en tes bras...
Par son regard, par son sourire,
A sa mère un enfant sait dire:
« Ne pleure pas! »

Le dernier Soir.

Bonne mère, qu'avez-vous?
Avons-nous pu vous déplaire?

La nuit vient ; bénissez-nous,
Pardonnez-nous, bonne mère.

—Venez, venez dans mes bras,
Sur mon cœur venez que je vous presse.
Ah ! vous ne comprenez pas
Ce qui cause ma tristesse.

Que ferez-vous, si je meurs,
Pour vous tirer de misère ?
Pour soigner vos jeunes cœurs
Qui vous tiendra lieu de mère ?

Mes enfans, dès le matin,
Irez-vous de porte en porte,
Pour avoir un peu de pain,
Dire : notre mère est morte ?

Ah ! fussiez-vous sans appui,
Privés de toute assistance,
Respectez le bien d'autrui,
Honorez votre indigence.

Demandez au Tout-Puissant

Que sa bonté vous nourrisse :
Protecteur de l'orphelin,
Il ne veut pas qu'il périsse.

Allez, allez, le sommeil
A votre âge est nécessaire ;
Demain, à votre réveil. .
Vous reverrez votre mère.

Soyez bénis, mes enfans,
Essuyez de tristes larmes ;
Dieu prendra soin de vos ans ;
Allez, dormez sans alarmes.

Les enfans, le lendemain,
Se levèrent de bonne heure,
La chaumière, ce matin,
Du deuil était la demeure.

Le bon Dieu soit avec nous,
Disaient-ils dans leur prière.
On les voyait à genoux
Près du grabat de leur mère.

Le Sou.

AIR : *Du haut en bas.*

Pièce d'un sou
Aux yeux du riche est peu de chose ;
Métal du sou
Ne sort des mines du Pérou.
Sur ses trésors qu'il se repose !
Qu'il rêve son apothéose !
Je chante un sou.

Pièce d'un sou
Donne du volume à la bourse.
N'a-t-on qu'un sou,
On n'a pas à craindre un filou.
Des plus grands biens réelle source,
Nulle part on n'est sans ressource
Avec un sou.

Avec un sou
Déjeune le pauvre en guenilles ;
Avec un sou

La ménagère bouche un trou,
Et les couturières gentilles
Trouvent du fil et des aiguilles
    Avec un sou.

    Avec un sou
Le nez du priseur est à l'aise.
    Avec un sou
Le marmot achète un joujou;
Le rêveur de quatre-vingt-treize
Voit la république française
    Sur certain sou.

    D'un pauvre sou
Lison se rit loin du village :
    Pièce d'un sou
Ne paya son lit d'acajou.
Jadis, sans cesser d'être sage,
Lison recevait sous l'ombrage
    Ruban d'un sou.

    Pièce d'un sou
Comme la pleine lune est ronde.
    Pièce d'un sou
Va, vient, court, se perd, Dieu sait où.
Suivant ma course vagabonde,

Sans bruit, je passe dans le monde,
  Comme le sou.

  Semblable au sou,
Je fuis les grands, j'aime le chaume :
  Pièce d'un sou
Me plaît mieux que riche licou.
Honneurs, dignités, vain fantôme !
Quand on meurt, le plus beau diplôme
  Vaut-il un sou ?

  Rond comme un sou,
J'ai gardé mon indépendance :
  Magot d'un sou
Ne me vit fléchir le genou.
O ciel ! comble mon espérance,
Fais que je donne à l'indigence
  Un dernier sou.

  Chantant le sou,
J'allais rire de vos grimaces,
  Amis d'un sou,
Sots oracles d'un peuple fou,
Si doux parleurs, légers paillasses...
Mais j'ai lu sur vos doubles faces :
  « *A demi sou.* »

PREMIER COUPLET

D'UNE CHANSON SANS FIN.

AIR :

Enfoncé !
Enfoncé !
Ils apprennent l'A B C.
Enfoncé !
Enfoncé !
Ils apprennent l'A B C.

Bouffi de vent et d'orgueil,
Il disait dans son fauteuil :
Ces gens lisent par mes yeux,
Comme faisaient leurs aïeux.
Enfoncé ! etc.

Une heure, ou Alvans.

Déjà de la nuit
La robe est flottante ;
Son ombre s'enfuit,
L'aurore est naissante.

O Boston ! tes murs,
Riants et paisibles,
Sous les cieux plus purs
Deviennent visibles.

Cependant au port,
Nul cri ne s'élève ;
Le nautonnier dort
Couché sur la grève.

Et l'esclave noir,
Oubliant sa chaîne,

En songe croit voir
La plage africaine.

Dieu! voici soudain,
Est-ce un spectre, une ombre?
Est-ce un être humain?
Que son air est sombre!

Quel chagrin amer,
Quel tourment le ronge!
Il court vers la mer :
O ciel! il s'y plonge.

Les flots l'ont couvert ;
Il est dans l'abîme :
Dieu qui l'as souffert !
Pardonne son crime !

Mais, jeune homme blond
Accourt, pleure, et crie :
— Cônnais-tu son nom ,
Son sort, sa patrie ?

— C'est mon maître Alvans,
Bon maître, bon père,

Qui jouit long-temps
D'un destin prospère.

Jadis un vaisseau,
Sa riche espérance,
Emporta sur l'eau
Sa fortune immense.

Il fut assuré
Que d'affreux orages
Avaient préparé
D'horribles naufrages;

Mais, quel fut le sort
De son beau navire ?
Hélas, d'aucun port
On ne put l'écrire.

Il voit sa maison,
Son nom qu'on outrage,
Et de l'abandon
L'effrayante image.

Dans un tel malheur
On trouve sa honte :

Alvans, plein d'honneur,
Imagine et compte,

Puis, au créancier
Sa main est donnée :
Il doit le payer
Au bout d'une année.

L'espoir le soutint,
Mais, point de navire !
Et c'est ce matin
Que l'année expire !

❂◆❂◆❂

Du milieu des mers
Le soleil s'élance ;
Son char dans les airs
Rayonnant s'avance,

Et dans le lointain
Que le jour dévoile,
Mon œil incertain
Découvre une voile :

L'esquif ébréché
Lentement chemine ;

Un mât ébauché
Sur son pont s'incline.

Il fait un signal,
Il vient à l'ancrage :
Dieu garde de mal
Le pauvre équipage !

Déjà sur les flots
Glisse la chaloupe :
Redites, échos !
Les chants de la troupe.

« Saluons ce bord
« Où nos maux finissent ;
« Qu'au milieu du port
« Nos brocs se remplissent !

« De notre vaisseau,
« Privé de mâture,
« Avec nous sur l'eau
« La marche fut sûre.

« Par les vents jeté
« Sur un bord sauvage,

« Il y fût resté

« Sans notre courage.

« Alvans oubliera

« De longs jours d'attente

« Quand il en verra

« La charge brillante... »

Alvans ! malheureux !

Ta fortune arrive,

Et ton corps fangeux

Flotte sur la rive :

Sans perdre l'espoir

L'opprimé doit vivre :

Ah ! qui peut prévoir

L'heure qui doit suivre !

L'événement qui fait le sujet de ce petit poème, imitation de la ballade populaire du Nord, n'est pas de mon invention. Un voyageur que j'ai connu en Russie me l'a raconté. Il avait été témoin de la fin tragique du malheureux négociant, je ne sais plus dans quel port de l'Amérique.

Paulina.

Elle était jeune, elle était belle,
Sortant à peine du couvent,
Et le pâtre dans la chapelle
A genoux la voyait souvent.

Et Raymond sous le vert treillage
L'avait suivie, et soupirait.
Il lui rendait un tendre hommage,
Mais cet hommage était secret.

Il la croyait aussi novice
Qu'une fille l'est à dix ans,
Aimant le pieux exercice,
Et n'entendant rien aux romans :

« O Paulina ! ta tresse blonde
Sur ton cou blanc flotte au hasard ;
Ton souris plaît, et dans le monde
Rien n'est si doux que ton regard ;

Et quand ta voix flexible et tendre
S'élève au milieu des bosquets,

Les oiseaux, ravis de t'entendre,
Sur les rameaux restent muets.

De tes chants ne sois point avare;
Ils sont purs et mélodieux.
O Paulina ! prends ta guitare :
Les anges chantent dans les cieux.

Vois-tu comme dans la nature
Tout prend un aspect enchanteur ?
De nos prés vois-tu la parure ?
De nos bois vois-tu la fraîcheur ?

Vois-tu comme au loin dans la plaine
Où bondit le bêlant troupeau,
S'égare en sa course incertaine
L'onde bleuâtre du ruisseau ?

A travers les lilas, les roses,
Vois-tu percer ce jour si doux ?
Vois-tu ces fleurs à peine écloses
Se balancer à tes genoux ?

O Paulina ! ta vue errante
Se repose sur ce bouleau ;
Vois-tu sa tête verdoyante
Se pencher mollement vers l'eau ?

Semblable à la mère qui veille
Près de son enfant dans la nuit,
Qui, pour entendre s'il sommeille,
S'incline sans faire aucun bruit.

Vois-tu son écorce argentée
Aussi douce que le velours ?
De la mousse elle est respectée,
Et son éclat dure toujours .. »

En effet sur l'écorce unie
De l'arbre aux rameaux gracieux,
Paulina dans sa rêverie
Reportait souvent ses beaux yeux.

Mais, tout-à-coup, son front de neige
De la rose prit la couleur :
Amour ! amour ! doux sortilège !
Un arbre avait troublé son cœur.

Raymond ! quelle fut ta surprise
D'y lire deux noms enlacés,
Avec une tendre devise,
Qui rappelait... des jours passés !

A Monsieur H. Zschokke,

EN RÉPONSE

A LA LETTRE BIENVEILLANTE QU'IL M'A ADRESSÉE.

Petits oiseaux font envie au rimeur :
Joyeux refrains ne leur coûtent labeur.
Tout aussitôt couverts du chaud plumage,
Adieu le nid et le natal ombrage !
Aile étendue, ils s'envolent joyeux,
Si haut, si haut qu'on les cherche des yeux,
Faisant entendre à diverses reprises
Longues chansons que point ils n'ont apprises.
Mais le rimeur, si tant est vrai que Dieu
Donne à quelqu'un de brûler de tel feu
(Ce que crois fort) sachant que la critique

Peut l'accoster à son début lyrique,
En fredonnant ses premières chansons,
Forme en tremblant des sons après des sons,
Monte, descend, manque bientôt d'haleine,
Rêve . s'agite, et ne fait rien sans peine.

Sais que Nature a des enfans gâtés,
Chers nourrissons en ses bras allaités,
Qui, du berceau, levant leur jeune tête,
Deviennent grands, sans que rien les arrête;
Magiciens qui, la baguette en main,
Changent le sable en terre de jardin,
Sous un ciel pur voltigeantes abeilles
Font leur nectar sans peines et sans veilles,
Et, comme toi, de bonne heure fameux
Défont leurs bras de leurs liens poudreux.

Ces vérités que je peins toutes nues,
Depuis long-temps, Zschokke, te sont connues.
Or, que crois-tu ? que Nature ait pour moi
Fait amplement ce qu'elle a fait pour toi?
Que puis prétendre aux fleurs que tu moissonnes?
Détrompe-toi : ces fleurs que tu me donnes,
Qui sous tes pas naissent avec amour,

En aucun champ pour moi n'ont vu le jour ;
De m'en parer je n'aurai pas l'audace :
Me connaissant, je me tiens à ma place.
Pas de chimère, il s'est évanoui
Ce temps heureux dont j'ai si peu joui ;
Où, tendre arbuste, enfant de la nature,
Autour de moi j'appelais la culture,
Ployais mes bras avec docilité,
Et promettais des fruits dans mon été !
Voit-on la vigne aux forêts d'Amérique
Mêler son or à leur ombrage antique ?
Non, non, Zschokke, l'arbuste qui croît seul.
Enveloppé de son étroit linceul,
A beau pousser de profondes racines,
C'est l'arbrisseau qui convient aux ruines.
Au voyageur jamais sur le chemin
Il n'offrira le repas du matin ;
A peine, hélas, si quelques fruits acides
Pendent fort tard à ses branches timides.
Témoin sacré des premières douleurs,
Le mien berceau ne fut couvert de fleurs :
Près de la tombe où descendit ma mère,
Il eut sa part du cyprès funéraire.
Triste, isolé, concentrant dans mon cœur

Et mes regrets et ma sombre douleur,
Je vis passer nébuleuses journées,
De mon printemps les rapides années.
Puis, une fois, de trop d'ennuis chargé
Du lieu natal, le cœur gros, pris congé;
Perdis de vue et rochers et montagnes,
Ne trouvai plus que de vastes campagnes,
Fis connaissance avec divers pays,
Vis la Néva, le riche Tanaïs,
Le fier Volga, le sombre Borysthène....
Ne fus heureux; bien grande fut ma peine.
Ah! que d'erreurs j'accueillis en ces jours,
Où ma raison me fut d'un vain secours!
Comme à mes yeux la patrie était belle!
Comme pleurais en m'envolant vers elle!
Comme mon cœur palpitait sur ses bords!
Son doux aspect valait mieux que trésors:
Là retrouvais Liberté, mon idole!
Et l'Amitié. Que m'eût fait le Pactole!
Neuf ans passés, ce rêve avait pris fin.
Au lieu natal comme vieux-pélerin,
Ne possédant piécette en ma besace,
Étais rentré : déplorais tant d'audace;
Non que pourtant n'eusse été bien reçu...

De l'un, de l'autre, aussitôt qu'aperçu;
Mais l'Amitié, comme l'avais rêvée
Aux jours d'exil, ne l'avais pas trouvée.

De Liberté cherchai long-temps l'autel,
Et ses enfans, son cortége immortel.
Plus d'un voisin me traita de myope,
Ce qu'entendant, je pris le microscope.
Découvris bien (faut s'en prendre à mes yeux)
Des si, des mais, des lois selon les lieux,
Messieurs titrés faisant aller la barque,
Censeurs armés comme on nous peint la Parque,
Droits de seigneurs, vilains, manans, vassaux,
Restes impurs des siècles féodaux,
Peuples béants, et flatteurs en grand nombre....
De Liberté ne vis pas même l'ombre.
Aussi le luth que dans mon triste exil
M'avait laissé l'ombrageux alguazil,
Resta muet, semblable à l'hirondelle
Qui du matou craint la griffe cruelle.
Mais du passé, du bord où nous glissons,
Tirant soudain d'importantes leçons,
Je m'écriai: Faut vivre d'espérance;
A pas égaux le Temps toujours avance.

Suis au matin, bientôt viendra le soir :
Si ce n'est moi, d'autres pourront le voir.
De la Vertu compagne inséparable,
La Liberté veut un trône durable,
Des cœurs brûlans, généreux, éclairés,
Dans le creuset comme l'or épurés :
En vain le peuple en quittant son ornière
Soulèvera sa brillante bannière,
Dans le dédale emporté sans flambeau,
Il descendra vivant dans le tombeau.

Voilà, Zschokke, ce que dans le silence
Je recueillis pour calmer ma souffrance;
Et quand sentis mon cœur près d'éclater,
Loin des censeurs librement fus chanter.
De mes accens on peut me faire un crime :
J'entonnerai le chant de la victime,
Et m'exilant des bords que je chéris,
Prendrai la coupe où boivent les proscrits!

Non, non, Zschokke, ne me parle de gloire :
Rien n'est plus beau, mais je n'y saurais croir
Mon pauvre luth ne fut pas façonné;
C'est un ami que le ciel m'a donné :

Tout brut qu'il est, si mon ame est souffrante
Il est plaintif sous ma main caressante.
Je n'en attends ni renom ni trésors;
Heureux, Zschokke, si mes faibles accords
Peuvent prouver encore à ma patrie
Que j'ai choisi pour devise chérie
Ces mots si beaux : Patrie et Liberté!
Et si du sein de mon obscurité,
Volant te rendre un plus parfait hommage,
Je puis un jour mériter ton suffrage.

Le Nocher.

A M. ERHARD BOREL.

Le fleuve gonflé par l'orage
L'avait jeté sur un rocher;
Il disait : « Dieu ! rends-moi le rivage;
Prends pitié du pauvre nocher !
Ma nacelle aux flots est ouverte;
Le jour penche vers son déclin;

La plage où je suis est déserte :
Qui pourra me tendre la main ?

Que me fait ma rame fidèle
Pour fendre les flots agités ;
Lorsque par eux de ma nacelle
Je vois les débris emportés ?

Pour gagner la rive lointaine
Puis-je m'envoler dans les airs ?
Pour sillonner l'humide plaine
Suis-je comme l'oiseau des mers ?

Autour de moi tout est stérile :
Nul bois touffu, nul arbrisseau.
Tout se tait, tout est immobile :
Partout l'image du tombeau.

Où reposerai-je ma tête?
Je chancelle, j'ai froid, j'ai faim...
Sur un roc nu mon pied s'arrête;
Je suis seul et n'ai pas de pain...

Du dur rocher il fit sa couche ;
Long-temps il regarda les cieux :
Nul vœu ne sortit de sa bouche,
Mais des pleurs mouillèrent ses yeux.

Insensiblement sa paupière
Céda, se ferma doucement,
Et du fardeau de sa misère,
Il devint libre en s'endormant.

Le vent se tut, la nuit fut belle,
La lune se mira dans l'eau,
Et de bonne heure l'hirondelle
Quitta le chaume du hameau.

Et le naufragé de la plage,
Sortant d'un paisible sommeil,
Dans un horizon sans nuage
Vit se lever un beau soleil.

Et près du bord, flottante et belle,
Sur l'onde que le vent ridait,
Il aperçut une nacelle
Et sa rame qui l'attendait.

L'Amitié, sous les traits d'un homme,
Avait visité le rocher,
Et sans le tirer de son somme
Avait secouru le nocher.

A deux Dames inconnues.

En son doux ramage
Que dit le serin
Au jaune plumage,
Lorsque le matin
Il trouve en sa cage
Et verdure et grain ?
Merci (ce doit être),
Merci, grand merci.
Or, sans vous connaître,
Vous le dis ici.

Que dit l'alouette,
A n'en pas finir,
Quand de sa chambrette,
Ouverte au zéphyr,
La folâtre Annette
La laisse partir ?
Merci (ce doit être),
Merci, grand merci.

Or, sans vous connaître,
Vous le dis ici.

Que dit mainte plante,
Lis , œillet , jasmin,
Tulipe , amaranthe,
Quand aux jours de juin
Rosée abondante
L'humecte soudain ?
Merci (ce doit être),
Merci, grand merci.
Or, sans vous connaître,
Vous le dis ici.

Que dit bergerette
Quand gai pastoureau
Rend à la pauvrette
Imprudent agneau
Qui sous la coudrette
Quitta le troupeau ?
Merci (ce doit être),
Merci, grand merci.
Or, sans vous connaître,
Vous le dis ici.

Que dit jeune fille
A qui la maman,
Qui la voit gentille,
Promet beau ruban,
Poupée et pastille,
Pour le jour de l'an ?
Merci (ce doit être),
Merci, grand merci.
Or, sans vous connaître,
Vous le dis ici.

Que dit le poète
Sur son luth penché,
Lorsque main discrète
Ses pleurs a séché ?
L'ame satisfaite,
Le tient-il caché ?
Non (ce ne peut être),
Il dit : grand merci.
Et, sans vous connaître,
Vous le prouve ici.

www.ingramcontent.com/pod-product-compliance
Lightning Source LLC
Chambersburg PA
CBHW060856180626
46818CB00004B/1722